La compagnie OFFFFF

DAYDREEL

—

La compagnie OFFFFF

NOUVELLE FANTASTIQUE

1ère ÉDITION

2024

© 2024, James « Daydreel » Keohane

Édition : BoD - Books on Demand, info@bod.fr

Impression : BoD – Books on Demand, In de Tarpen 42, Norderstedt (Allemagne)

Impression à la demande

ISBN : 978-2-3225-2278-1

Dépôt légal : mars 2024

Correctrice : Barbara « Encre Pensive »

Illustrateur : Étienne Fustier

À mes amis.es,
mes chers compagnons de vie.

Merci Charles, Louis, Foué, Terry;

Merci Andrew et Sylvie;

Merci Jérémy;

Merci Manon, Mahaut;

Merci Sarah Fay;

Merci toi, qui détient ce livre entre tes mains.

Prélude

Sujets abordés dans le récit :

- Mort

- Brutalité et violence gratuite, parfois rémunérée

- Idées noires, voire suicidaires

- Vulgarités

- Moqueries blessantes et jugements déplacés

L'auteur n'est pas ses personnages. Sachez qu'il fait ce qu'il peut pour les éduquer sur les notions de tolérance et d'acceptation des différences de soi et des autres.

Car oui, même les « monstres » ont un amour-propre ainsi que des rêves de jours meilleurs.

Ceci étant dit, je te souhaite de vivre une belle aventure à travers cette histoire fantastique !

Épisode 1 - Nos héros méconnus

— 'Xcusez-moi, m'sieur ! Vous savez où se trouve la taverne Tirlipoinpont ?

— Euuuh, bonjour ! Oui, je crois… Essayez la rue des Bières pas loin du stade, vous avez juste à remonter l'avenue des Grandes Beignes.

— Merci, m'sieur ! lança un jeune homme aux cheveux blond paille encadrant un visage ravagé comme la terre fraîchement labourée.

Le passant reprit son chemin tandis qu'Aymeric Pailledor s'éclipsa pour retrouver sa collègue.

— Alors ?

— Six pièces d'or et autant en argent. Faut vraiment que tu choisisses mieux tes clients, répondit sèchement une femme encapuchonnée.

Sa peau avait la couleur de la lune et la texture de la soie, mais son regard sombre et fuyant trahissait sa nervosité des foules. Shy était équipée d'une tenue abîmée, mélangeant le cuir et le tissu, qui facilitait le mouvement et la discrétion dans les allées lugubres. Sa cape vert foncé et usée la protégeait seulement de la pluie et des regards. Son dernier recours : une dague à la ceinture.

N'importe qui la confondait avec une chasseuse à cause de l'arc et du carquois qu'elle portait constamment sur elle. Pourtant, Aymeric et elle partageaient la même profession de canaille.

Néanmoins, ce dernier était simplement habillé en tenue de ville : pantalon et chemise en lin ainsi qu'un… couteau de salle à manger à la ceinture.

— Bah, c'est bon ! On a de quoi manger et boire ce soir !

— Ouais, et ta pote doit nous attendre aux Glavioteurs,

déclara Shy en partant à l'opposé du stade.

— En plus, j't'ai pas dit, mais l'truc qu'Herm'line veut nous dire ce soir est még' important. Elle a peut-être enfin trouvé une mission.

— Cool ! Parce que j'en peux plus des bâtards Kek qui picolent comme des trous sur notre dos ! C'est quoi comme mission ?

— J'sais pas, on n'a pas eu le temps d'parler hier, c'tait sa dernière journée d'apprentie paladine.

— Okay. Si on pouvait se barrer de cette ville de merde au plus vite, ça m'arrangerait, sinon je vais finir par tuer un Kek.

— Tu tuerais l'quel ?

— Kekvin… souffla Shy sans hésitation.

S'approchant d'une taverne huppée, l'atmosphère festive hérissa les poils de Shy. « Au Glavioteur Sonore » criait l'enseigne vert et jaune d'un elfe rotant, au-dessus de la destination du duo.

Des elfes, des humains et des mages se retrouvaient, après une pénible journée de travail, pour se détendre à cette taverne fleurie. Que ce soit autour de bières ou de jus de myrtille, l'ambiance était toujours au rendez-vous des « happy hours » du bar pluriculturel.

Hermeline, sortant du lot des badauds raffinés, était posée contre la façade de la taverne, une bière à la main. Impossible de la rater avec ses 1,80 m. Paladine du dieu du Sang en devenir, elle possédait une carrure à la hauteur de la violence d'une telle formation. Sa posture calme respirait la force et ses cheveux flamboyants illuminaient son visage attrayant. Dans ses yeux se lisait une courageuse férocité à défier le monde entier !

Son charisme allait de pair avec l'uniforme intimidant des aspirants paladins, comprenant un plastron de cuir marqué du sceau du dieu sanglant et une épée à la garde rougeâtre.

— Hé, Herm'line ! Ça va ? interpella Aymeric sans la moindre conscience du danger qu'inspirait la guerrière.

Shy, détestant la foule, resta en retrait de la taverne, observant Aymeric et Hermeline converser.

« Je piquerai bien un petit bonus ce soir pendant qu'Aymeric discute des détails de la mission », pensa Shy. « Ce nigaud n'est pas taillé pour l'aventure, mais je ne le vois pas quitter sa meilleure amie. Faut dire, avec un monstre pareil, personne n'irait le faire chier. Je ne comprends toujours pas comment il a fini par travailler pour les Kek. Ou peut-être que c'est juste ça : un idiot… mais… un idiot attachant. »

Avant que la tentation ne prenne Shy, le groupe se réunit un peu plus loin de la foule ambiante de la taverne.

— Notre commanditaire est le doyen de l'université de magie, Aérogastre Fladubide, commença à expliquer Hermeline au groupe. Il a perdu les clefs de sa tour et donne rendez-vous aux aventuriers vers six heures de l'aprèm, devant sa porte, pour nous parler du reste.

— On est payé combien ? demanda professionnellement Shy.

— C'est ça le plus beau ! Mille pièces d'or juste pour un trousseau de clefs.

— Ouais, mais c'est sûrement celui de l'université aussi, commenta Aymeric sans que personne lui prête attention.

— C'est quoi le piège ? questionna Shy, suspicieuse.

— Y en a pas, *a priori*...

Hermeline remonta la rue en marchant sans attendre qui que ce soit.

— Le rendez-vous est dans une vingtaine de minutes, vous venez ?

Épisode 2

-

Ça sent pas bon

Arrivant sur la Grande Place, le groupe composé d'Hermeline – la paladine –, Shy – la voleuse – et Aymeric – le mec sympa – s'approcha de la tour du mage.

Personne en vue.

— Euh, papy magie est pas là ! On fait quoi ? demanda candidement Aymeric.

— Frappe à la porte, intima Hermeline.

Aymeric s'exécuta. Pas de réponse.

— T'es sûre qu'c'est là ?

— C'est écrit sur la plaque : « Fladubide Aérogastre, doyen de l'université de magie. »

— Ah ! Il s'fait pas chier à vivre dans une tour ! Mais on fait quoi maintenant ?

— Bah, on cherche le Fladubide, déclara impatiemment Hermeline qui s'élança vers le bâtiment.

— J'attends ici, proposa Shy, en s'installant contre un mur, gardant une bonne vision de la place.

« Il y a vraiment peu d'activité sur la Grande Place à cette heure », remarqua Shy en son for intérieur. « Je ne sais pas comment Hermeline a trouvé ce job, mais si ça me permet de fuir le gang Kek, je m'en fous un peu. »

Dans une rue plus loin, un immense bâtiment de pierre de plusieurs étages se dressa devant Hermeline et Aymeric. L'entrée se faisait à travers une énorme porte à double battant. L'ouverture les emmena dans une spacieuse salle au mur blanc, entièrement dénuée de décoration ou de meubles. Seules quelques plantes vertes, entreposées çà et là, agrémentaient la pièce ainsi qu'un accueil, lui aussi pâle et vide.

— Attends, j'vais faire l'tour, suggéra Aymeric en disparaissant vers la sortie.

— Quoi ? Mais non, reste là ! s'étonna Hermeline de son initiative. Bon, c'est pas grave… Je vais le trouver sans lui…

La spacieuse salle d'accueil de l'université déconcerta Hermeline. La mise en scène des plantes ne semblait pas avoir de réelle réflexion esthétique. Une sonnette habillait pudiquement l'accueil nu. Hermeline appuya plusieurs fois dessus, après avoir longuement admiré l'ennuyeuse pièce.

Ding, ding, ding, ding.

Immédiatement, un homme à lunettes aux cheveux courts poivre et sel apparut derrière le comptoir, le sourire aimable et les yeux creusés de fatigue.

— Bonjour, que puis-je pour vous ?

— Euuuh…

— Oui ?

— Bonjour, je recherche le doyen de l'université de magie, monsieur Fladubide Aéro-truc.

— Ah ! Vous êtes une aventurière pour ses clefs ? Il les égare régulièrement et comme tous les étudiants sont en grève, il n'a pas pu demander à quelques apprentis d'aller « faire un sujet d'étude » dans les égouts, si vous voyez ce que je veux dire, informa espièglement son interlocuteur en mimant les guillemets. Je le contacte de ce pas.

Il sortit une boule de cristal, passa sa main dessus pendant vingt secondes, puis parla à une silhouette qui se dessina à l'intérieur.

— Monsieur Aérogastre ? Vous avez une aventurière pour votre annonce de clefs perdues. Oui, elle vous attend à l'accueil. Je vous l'envoie ? D'accord, très bien, à tout à l'heure ! conversa-t-il en levant aimablement sa tête souriante.

— Alors ?

— Il arrive.

La seconde d'après, Hermeline distingua du coin de l'œil un homme bedonnant sortir d'une plante tandis que celui du comptoir lui souhaita une bonne journée avant de se faire happer par le sol.

— Bonjour, madame. J'espérais avoir une compagnie d'aventuriers, mais si vous vous sentez d'arpenter les égouts, alors c'est bon pour moi. Mais ne restons pas là, allons devant chez moi que je vous montre l'entrée de ceux-ci.

Aérogastre Fladubide était vieux, très vieux. Quelques rares cheveux blancs en bataille, des valises sous les yeux, double menton et joue pendante, dressaient le tableau d'un bouledogue hagard et gâté. Le doyen portait une robe magique richement décorée, dont la dorure émettait une lumière faiblarde, et qui devait probablement être douce au toucher.

— Euh, oui, bonjour... euh, non, non, je ne suis pas seule ! On est une compagnie de trois aventuriers pour la quête.

— Aaaah super ! s'exclama-t-il en sortant de l'université.

Par curiosité, Hermeline regarda derrière le comptoir et vit une orchidée à l'emplacement où se trouvait l'homme à lunettes avant de rejoindre Aérogastre.

— C'est lui papy magie ? souffla Aymeric à l'oreille

10

d'Hermeline.

— Tiens, t'es de retour, toi ? Eh ouais... c'est lui.

— Ouais, y a qu'une seule porte derrière l'bâtiment et y en a plein d'autres autour d'un square. Bref, c'est nul ici. Y a personne.

Shy, aux aguets de poches profondes à alléger, aperçut ses compagnons déambulant le long d'une rue. Son instinct ne la trompait pas, la bourse la plus remplie était en compagnie d'Aymeric et Hermeline. « On va se régaler », pensa-t-elle.

— Eh bien, je ne vois pas d'autres compagnies aujourd'hui. Je vais vous donner tous les détails. Comme ça, vous pourrez commencer les recherches. C'est en voulant ouvrir ma porte que j'ai perdu mes clefs à travers la grille au milieu de la place. Voyez-vous, elles ont glissé de mes mains. Vous pouvez entamer vos recherches par cette bouche d'égout, juste derrière vous. Avec un peu de chance, vous n'aurez pas à chercher très longtemps. Même si vous ne les avez pas trouvées, n'allez surtout pas du côté nord des égouts. Il y a, au-dessus de cette zone, l'université de magie et il faudra faire appel à un mage ou deux pour vous accompagner. Le niveau de malédiction entropique de cet endroit est très élevé, ne me demandez pas pourquoi...

— Pourquoi ? coupa Aymeric.

— Bref... ignora le doyen, la récompense est de mille pièces d'or pour le retour de mon trousseau de clefs. Elles sont en or, alors vous les trouverez facilement.

— Où serez-vous pour qu'on vous les rende ? le questionna Shy.

— Ah oui ! Actuellement, je loge à l'auberge de Maggy, située dans l'impasse en face de l'entrée de l'université.

Elle est tenue par les étudiants en magie. La nourriture n'est pas extraordinaire, mais le service est plutôt au point. C'est ici que vous me trouverez, sauf en milieu de journée où je serai à l'université.

— Okay! Bah, c'est parti! s'exclama Hermeline, frissonnant de plaisir.

— On va où? demanda Aymeric, une fois que le doyen eut pris congé.

— Là-bas, répondit une Shy exaspérée, pointant du doigt l'entrée des égouts de la place.

Épisode 3

L'aventure, la vraie, commence !

Hermeline, équipée de son épée et du plastron de cuir offert par le temple du Sang, était prête pour l'aventure !

Shy, son carquois rempli de flèches acérées, son arc presque neuf et sa tenue sombre de la tête aux pieds, était prête pour l'aventure !

Aymeric, armé d'un couteau emprunté à couper le saucisson ainsi que de vêtements citadins, maintes fois repris par sa mère, se croyait prêt pour l'aventure !

Prions pour sa sécurité.

Hermeline souleva la bouche d'égout comme un ballot de paille, laissant place à un trou béant. La pire compilation des plus mauvaises odeurs de la Cité s'en échappait. Des barres de fer plantées le long d'un mur indiquaient le chemin à prendre dans l'obscurité nauséabonde. Puis, les regards craintifs plongèrent dans l'abysse des entrailles putrides de la ville à la recherche d'un fond stable.

Hermeline détacha la torche en bois de son sac à dos et la tendit à Aymeric.

— Tiens, allume-la avec mon briquet à amadou. J'y vais en première.

Aymeric, inquiet et soulagé à la fois qu'Hermeline descende en première, tendit la torche allumée éclairant faiblement le chemin.

— C'est bon, j'ai touché le fond. Vous pouvez descendre ! cria Hermeline.

Shy s'élança agilement tandis qu'Aymeric, la torche à la main, la suivit péniblement dans les cinq mètres d'échelle.

Une fois le groupe réuni, tous leurs sens étaient aux aguets et les armes dégainées. Aucun mouvement notable, excepté le son de l'eau qui trahissait l'existence d'un canal caché dans le noir.

Ils se dirigèrent vers le centre de la Grande Place, guettant les ténèbres enveloppantes. La faible lumière émanant de la torche n'aida guère les aventuriers à percer l'obscurité.

— L'mur n'est pas très droit, remarqua Aymeric en regardant autour de lui.

— Note à moi-même : la salle semble cylindrique, à l'instar de la place, marmonna Hermeline.

— Là ! souffla victorieusement Shy. Je vois quelque chose qui brille là-bas.

La voleuse se tenait seule dans la pénombre, peu impressionnée par le noir et les effluves nauséabonds. Hermeline leva la tête, apercevant une grille menant à l'extérieur.

— Où ? s'exclama Aymeric.

— La ferme ! chuchota sèchement Shy. On ne sait pas qui rôde dans les parages.

— Passe-moi la torche, ordonna calmement Hermeline.

Elle s'avança prudemment dans la direction pointée par Shy, tandis que le reste du groupe se positionna silencieusement derrière Hermeline.

« Mais où est cette clef ? » pensa Hermeline en approchant prudemment. « Dès qu'on la trouve, on se tire. Ça pue, on ne voit rien et j'ai un mauvais pressentiment, comme si quelque chose allait me tomber sur la gueule. »

Quelques foulées plus tard, le bord d'un canal entra dans leur champ de vision. Le groupe devint témoin de toute la putrescence des habitants du dessus. Luttant contre le dégoût et les haut-le-cœur répétitifs, chaque pas de plus fut acquis au prix de leur odorat. L'autre versant du canal apparaissait où, au bord, Hermeline vit enfin le trousseau de clefs en or repéré précédemment par Shy. L'objet tant désiré traînait dans la fange.

« Yas ! », s'exclama joyeusement Hermeline pour elle-même. « À nous les sous ! »

Tic, ke-tic, ke-tic, ke-tic, ke-tic.

Les cliquetis s'enchaînèrent rapidement depuis l'opposé de la salle insondable.

Le groupe se tendit. Puis arriva, dans le champ de vision de Shy, un rat courant à vive allure en direction des clefs.

— Oh ! Y a les clefs qui bougent, s'étonna Aymeric.

— Merde ! s'exclama Shy en s'élançant après le rongeur.

— Qu'est-ce que… commença Hermeline avant de voir Shy sauter en plein milieu de sa phrase, glisser sur le sol humide et atterrir dans le flot d'immondices.

À cet instant, Hermeline paniqua.

Elle lâcha son épée pour assister Shy et l'aider à sortir du canal. Cette dernière, terrifiée, essayait de remonter tel un chat tombé à l'eau. Aymeric, ayant saisi à moitié la situation, se rapprocha aussi de l'infortunée pour la tirer d'affaire, avant de se raviser. Il estimait avoir les mains trop propres pour la toucher. Le voleur immaculé observa la paladine sauver leur camarade sans effort. Shy dégoulinait d'immondices. Son nez, désormais anesthésié, ne pouvait plus sentir grand-chose à l'inverse de ses camarades qui prenaient une certaine distance de sécurité nasale.

— Ça a quel goût, l'aventure ? demanda Aymeric, amusé.

Shy, le regard noir, ne répondit pas et retira le plus d'horreurs possible de ses vêtements.

— Où sont les clefs ? s'inquiéta Hermeline après avoir ramassé son épée.

— Sont parties l'-bas, informa Aymeric en pointant dans une direction.

— On ferait mieux d'explorer cette salle avant de continuer, histoire de ne pas avoir de nouvelle surprise.

Après inspection, le groupe découvrit trois passages distincts : Nord, Ouest et Sud.

— Bon, c'est par là qu'on va ? demanda Shy, quelque peu énervée par les égouts.

— Eh bah, il semblerait. Vous trouvez pas ça bizarre qu'un rat se barre avec les clefs ?

— Ah bah ça, si j'savais qu'un jour un rat mang'rait mille pièces d'or sous mes yeux, alors j'veux manger c'rat pour raconter à tout le monde que j'ai mangé un rat à mille pièces d'or !

— C'est ma flèche que tu vas bouffer !

— Il suffit ! J'y vais en première, déclara courageusement Hermeline. Ouest, toute !

Face à elle, une entrée abyssale faisait danser les terreurs nocturnes formées par son imagination.

Épisode 4
-
La plus belle des infiltrations

— Euuuh, t'as pas peur de t'perdre ?

— Ah ouais, attends ! J'ai du fusain et du papier pour dessiner une carte, s'illumina Hermeline en redonnant la torche à Aymeric.

Elle sortit de son sac le matériel nécessaire pour gribouiller un plan de fortune. Shy, dubitative concernant les compétences de la paladine, s'improvisa cartographe à sa place.

— Laisse-moi faire, on a juste besoin de savoir où on va, on refait pas l'architecture des égouts.

— Ouais, tiens. Ça me soûle déjà, en plus.

La paladine, abandonnant prestement la cartographie, reprit la torche d'Aymeric ; et le groupe, son chemin. Ne traversèrent-ils pas deux mètres que leur lancée s'interrompit.

— Euuuh, t'as pas peur qu'on se fasse repérer par des ennemis ? demanda soudainement Aymeric.

— De toute façon, c'est pas avec mon équipement que je vais me rendre invisible. Et puis, j'aime pas être discrète. Truc de lâche.

— On fait quoi alors ?

— Tu vas explorer en douce comme un éclaireur ! répondit Hermeline, sa patience périssant à petit feu.

— Quoi ? Moi ? Mais je vais mourir !

— Mais non, t'inquiète, on sera une dizaine de mètres derrière toi pendant que Shy dessine le plan.

— Et si jamais t'as un problème, je prends mon arc et je tire sur le problème. Allez, avance ! compléta Shy.

Aymeric fixa les ténèbres, attendant que ses yeux s'habituent à l'obscurité, et chuchota calmement pour lui-même :

« Bon, c'comme avec les cambriolages des frères Kek. J'dois me mettre accroupi et avancer en faisant pas d'bruit, imiter l'ombre. Qui est le con qui m'a dit d'imiter une ombre ? Ça s'imite comment une ombre ? Ah oui, c'mon papa adoptif qui m'a dit ça. D'solé papa d't'avoir insulté. Ça doit être "exister sans exister", j'imagine, et faire comme si j'étais pas là. J'existe pas. J'existe pas. J'existe pas. J'existe pas. »

Le voleur, dans une concentration qu'Hermeline n'avait jamais vue de lui, s'avança dans le large tunnel, le long du canal, minimisant le bruit de ses pas, disparaissant cinq mètres plus loin.

— Il a bien changé depuis qu'on a quitté notre village natal, raconta nostalgiquement la paladine à qui voulut l'entendre. À Bassin-la-moitié-de-lune, Aymeric n'arrêtait pas de se faire tabasser par les autres enfants de paysans. Bon, faut dire aussi qu'il les volait régulièrement, donc il le méritait un peu. N'empêche, il est devenu drôlement fort à se cacher et à voler. Faut pas oublier que ses parents partaient souvent en voyage, alors Aymeric était livré à lui-même. C'étaient des genres de marchands ambulants qui rapportaient beaucoup d'objets et autres curiosités chez eux pour les revendre dans des villes voisines.

— Je pense qu'on devrait aussi avancer, coupa Shy toujours aux aguets, avant de laisser Aymeric se perdre tout seul.

— Ouais, t'as raison. Allons-y.

Le duo restant suivit la route d'Aymeric et Hermeline faisait de son mieux pour réduire la cacophonie de son attirail.

L'éclaireur appointé disparaissait telle une ombre parmi les ombres.

— J'espère que rien de grave ne lui arrive avant que j'arrive. Comme dans le bon vieux temps, quand je devais distribuer des mandales dans le village, ricana doucement Hermeline.

Aymeric apparut soudainement sous la lumière de la torche :

— Y a un embranchement dans quelques mètres.

— Déjà ?!

— Ouais, mais y a aussi de la lumière dans un des chemins.

— Et personne en vue ? demanda Shy, suspicieuse.

— Personne !

L'éclaireur de fortune ayant terminé sa mission, le groupe se reforma. Ils se dirigèrent vers le carrefour du canal et donc… vers ses trois nouvelles routes possibles. L'intersection prenait la forme d'une fourche et les interrogations allaient bon train. Shy étudia la situation, recherchant des indices dans son environnement.

— Bon, à droite, il y a de la lumière. À gauche, il fait vraiment noir et le tunnel s'agrandit. En face, il doit aussi y avoir de l'activité, car il semble y avoir de la lumière plus loin et je vois de nombreuses traces de passage sur le sol.

— Tu peux pister les gens ? s'étonna l'adepte de la violence.

— Bien sûr, je… sortais souvent jouer en forêt quand j'étais petite.

Aymeric, choqué, ne put s'empêcher de penser que Shy ne parlait jamais d'elle ou de son passé, préférant toujours savoir comment elle allait survivre plutôt que bavasser.

— Faut dire, c'est pas une voleuse ordinaire not'e Shy ! J'ai passé deux mois avec elle à voler et elle a vraiment l'coup d'œil pour trouver les bonnes poches, laissa échapper son apprenti.

Shy inspecta plus minutieusement le sol devant chaque tunnel, ignorant honnêtement l'inepte.

— Il y a eu beaucoup de passages récents de ce côté-ci et pas mal de va-et-vient sur le chemin de droite, mais je ne pense pas que le rat soit parti par là. C'est principalement des traces de petit humanoïde comme des gobelins ou des hobbits. Par contre, des empreintes de rats, il y en a énormément dans le tunnel du milieu et un peu sur celui de gauche.

— Donc si on va tout droit, on risque de croiser des gens ? en déduisit l'impatiente Hermeline.

— Potentiellement.

— Okay, bah, Aymeric, vas-y. On va au milieu !

— Euuuh, t'es sûre ? On fait quoi si j'tombe sur des gob'lins ?

— On tabasse !!

Aymeric partit explorer en premier, peu rassuré, tandis qu'Hermeline jubilait d'une future rencontre. Depuis sa plus tendre enfance, elle se nourrissait des histoires de braves aventuriers et aventurières contées par les troubadours itinérants. Toute épopée qui se respecte se terminait par la mort d'un dragon, mais commençait toujours par le meurtre d'un malheureux gobelin. Ses mains entraînées pour la violence crevaient d'envie de perpétrer l'acte sacré du massacre. « Bientôt », se disait-elle à répétition. « Très bientôt… »

Une dizaine de minutes s'écoula avant qu'Aymeric réapparaisse rapportant une nouvelle infortune. Une torche aux flammes dansantes illuminait un autre embranchement à deux chemins. En s'approchant, des bruits retentirent. Des sons de voix légères, aiguës et désagréables. Quelques secondes de silence. Puis subitement, les voix criardes éclatèrent, relayées par les échos des égouts.

— Et là, on fait quoi ?

— Je vois qu'au bout de chaque chemin, ça tourne à nouveau, examina Shy. Je pense que ça se rejoint. D'ailleurs…

La pisteuse prit le temps d'écouter les sons, jetant des coups d'œil à l'arrière, de peur d'une embuscade.

— Je crois que j'entends des choses. C'est animé… Il y a comme du monde au bout des couloirs.

— Ces intersections m'énervent grave, va à droite, nous on va à gauche, commanda Hermeline au reste du groupe.

Aymeric geignit, s'exécuta, puis partit en avance.

— Bon, faut voir ce qu'il se passe !

Hermeline s'avança, le plus discrètement possible pour une paladine en armure, suivie de Shy. Les deux jeunes femmes progressèrent à la lumière des torches murales, éclairant leur route jusqu'à l'embranchement en question. Sans se dévoiler, elles jetèrent un coup d'œil, cachées par le bord du mur.

La paladine et la pisteuse s'immobilisèrent, clouées sur place, face à la scène improbable se déroulant devant

Épisode 5 - Aymeric, vraiment ?

— Toi ! Bienvenue à Maison du Soleil Noyé ! déclama dans une frénésie l'un des deux gardes kobolds postés devant l'entrée. Toi. Rentrer !

Aymeric, les yeux ébahis, n'avait jamais vu d'êtres aussi étranges de sa vie : c'était petit, repoussant et ils avaient l'air très méchants.

Leur visage ressemblait à celui d'un chien malade dont le museau coulait de morve. La peau jaune, terne et tachetée de gris lui rappelait la texture d'un vieux fromage moisi, oublié sur le bord d'une étagère. L'haleine putride glissait sur une langue pendante et blafarde à chaque expiration. Leur sourire – si on daignait appeler ça ainsi – était habillé de dents jaunâtres ponctuées de caries. Pour compléter le tableau, leurs petits yeux enfoncés projetaient un regard torve et stupide à en faire frissonner Aymeric, mais qui, d'un côté, le rassura.

Car oui, il venait de rencontrer plus repoussant que lui dans la vie !

— Merci ! répondit-il avec une joie mal placée.

Quittant le couloir gardé, le voleur se dirigea vers le bureau tout en examinant l'immense salle qu'était la « Maison du Soleil Noyé ». Les murs de pierre étaient tantôt recouverts d'un misérable cache-misère en toile, tantôt hérissés de canalisations qui crachaient de l'eau putride. Cette même eau, capable de rendre n'importe quel humain malade, circulait dans une fosse qui longeait les bords de la salle jusqu'à la sortie. Au plafond, les torches pendaient, accrochées par des chaînes rouillées, projetant une vile lumière sale sur le sol en sable.

Au centre de la « Maison », une clameur criarde s'éleva d'une foule de gobelins pathétiques et de kobolds frénétiques. Ils encourageaient de concert des gladiateurs amateurs dans une aire de ring improvisé.

Une barricade de bois et de déchets faisait office de frontière entre le public et les combattants qu'Aymeric n'arrivait pas à percevoir d'où il se tenait.

Néanmoins, il remarqua que certains clients étaient équipés de chopines, concluant que lesdits clients détenaient suffisamment d'argent pour s'acheter à boire. Ses yeux, en quête d'alcool, dérivèrent vers un bar échoué dans un coin de la salle. Les tables étaient, elles aussi, à l'image de la « Maison », rafistolées tandis que les chaises grossières avaient trois ou cinq pieds, jamais quatre.

Finalement, deux choses retinrent son attention : un humain en armure de cuir, picolant au bar sur une chaise à cinq pieds, et un kobold en tenue de barman, droit comme un I, derrière le comptoir, servant à qui paie son dû.

— Toi, là ! cria une petite voix aiguë et nasillarde d'un kobold manchot, coupant désagréablement l'inspection d'Aymeric. Inscription. ICI !

Le manchot tendit au voleur une plume ébouriffée avec de l'encre à la couleur douteuse.

Aymeric, faisant semblant de comprendre ce qui était inscrit, apposa une croix maladroite à l'endroit indiqué, se demandant si le kobold lui-même savait lire.

— Baron, parler ! Parler avec toi ! Fissa ! ordonna-t-il en pointant la direction à aller.

Aymeric leva la tête pour croiser le regard amusé d'un kobold avec un chapeau haut de forme. Il était assis derrière un bureau sur le seul fauteuil à quatre pieds de la « Maison ». Le voleur marcha en direction dudit Baron, contournant la foule déjantée pour se retrouver au plus profond de la salle.

— Bien le bonjour, mon jeune invité. Je suis le Baron

Pédant, l'hôte de la Maison du Soleil Noyé. À qui ai-je l'honneur ? annonça-t-il mielleusement, telle une hyène amicale.

Le Baron était aussi bien habillé qu'un bourgeois pouvait l'être. Portant costard, nœud papillon, pantalon en soie, bijoux sur les doigts et le cou ainsi qu'un magnifique chapeau haut de forme, il dégageait un certain raffinement inattendu. Ce qui impressionna véritablement le jeune paysan de Bassin-la-moitié-de-lune était son regard intelligent et éclairé, à l'inverse de tous les autres bas-de-plafond ici présents.

Aymeric n'avait pas peur. Il était rassuré de savoir qu'il n'était pas la seule personne stupide dans la « Maison ».

— Euh... bah... moi, c'est Aymeric. On est où ici ?

— Vous êtes dans mon prestigieux casino. La Maison du Soleil Noyé est le lieu le plus divertissant de tous les égouts de la Cité, et aussi, le plus propre ! Ici, les rêves des gagnants deviennent réalités et vous, vous êtes une perle qui n'attend que son heure de gloire.

— Euh... Okay... répondit ce dernier, confus par son histoire de perle. Vous avez vu un rat ?

— Un rat ? redemanda, souriant, le Baron dévoilant ses dents pointues d'une blancheur étonnante.

Un rongeur grimpa le long du dos de son interlocuteur pour se loger sur son épaule. Les yeux d'Aymeric se rivèrent directement sur sa gueule. LE trousseau de clefs en or s'y trouvait !

— Ce rat ? Où ne serait-ce pas MES clefs que vous cherchez ?

Le Baron saisit, sous le regard surpris d'Aymeric, le trousseau rapporté par le rat. Il prit son chapeau et fit disparaître les clefs dedans...

Laissons donc le voleur traiter l'information qu'il a eue sous ses yeux un instant. Revenons à nos deux apprenties espionnes, toujours à l'entrée du casino.

— On rentre ? chuchota Hermeline, inquiète pour Aymeric, à Shy.

— Je ne suis pas super pour. Mais vas-y, je te suis.

Les deux aventurières entrèrent dans le casino et le kobold manchot les repéra aussitôt.

— Toi, là, et toi, là. Inscription ICI ! s'énerva-t-il sans raison apparente.

— Bien, bien, répondit nonchalamment la confiante guerrière avant d'écrire son prénom.

Quant à Shy, elle apposa, sans un mot, une croix sous la signature d'Hermeline avant d'aller retrouver son ami d'enfance.

Épisode 6

-

Le Baron Pédant

— Quel honneur ! Quel bonheur d'avoir autant d'invités à cette heure et sans heurts !

— Qu'est qu'i' dit ?

— Je ne sais pas trop, j'ai pas compris. C'est qui, lui, Aymeric ? questionna farouchement la paladine au voleur.

Shy, songeuse, observa l'échange du groupe avec le Baron Pédant. Ses yeux s'attardèrent sur ses vêtements trop propres pour être vrais, se demandant s'il n'y avait pas des pièces d'or à subtiliser. Le casino peignait un tableau miteux à l'image de ses habitués kobolds ou gobelins. Néanmoins, un humain appréciait son temps à une table, sirotant courageusement le breuvage servi par l'établissement.

Lui, il avait une bourse. Une belle bourse qui pendait à sa ceinture, non loin d'une épée longue et d'une dague luisante. Ses vêtements mélangeaient le cuir et la toile. Shy pouvait se prononcer sans trop se tromper : cet homme était un voleur, et un bon. Le stéréotype de dur à cuire lui collait à la peau avec l'absence de cheveux sur son crâne remplacés par une myriade de balafres sur l'ensemble de sa tête.

Un autre danger potentiel rôdait dans les parages, se tenant sans discrétion derrière le Baron : un ogre à l'expression béate. Impossible de deviner ce que pensait le géant énergumène dont ses yeux globuleux partaient dans deux directions opposées. Il ne se positionnait pas là par hasard. Son gourdin comestible de la taille de la voleuse, trônant à ses côtés, en attestait. Le groupe se demanda de quel animal provenait ce cuissot gigantesque entamé par l'ogre.

— Que diriez-vous d'un petit jeu de chance divinatoire ? proposa le Baron après avoir réitéré sa présentation.

— Qu'est-ce qu'i' faut faire ?

— Eh bien, mon jeune ami aux cheveux d'or, je dispose ces douze cartes devant vous, face cachée. Tirez votre bonne aventure, mais prenez garde au mauvais augure. Pour commencer, il vous suffit de miser une somme.

Sans les toucher, le kobold classieux mélangea les cartes faces cachées en les faisant légèrement léviter sur sa table. Il enjoint d'un geste Aymeric à parier sur sa réussite.

— Allez, voilà dix pièces d'or !

— Tirez votre destinée.

Aymeric s'exécuta plus vite qu'Hermeline pouvait le mettre en garde.

— C'est quoi cette carte avec de l'or partout, c'est bien ?

— Voyez par vous-même.

Le petit tas de pièces d'or avait doublé en quantité.

— Oh, c'est trop bien !! Je r'joue. 25 pièces d'or.

— Ça va mal se finir, se désola l'inquiète meilleure amie.

— Sans l'ombre d'un doute, acquiesça Shy à son tour.

— Mais nan ! Vous allez voir, j'sais que j'suis nul, alors c'est pour ça que j'suis chanceux !

— Les destinées mélangées, il est l'heure de tirer à nouveau.

— Euh, il y a un homme et une femme qui brûlent sur cette carte, c'est l'amour ?

Le corps d'Aymeric s'embrasa à la fin de sa phrase. Le temps qu'Hermeline et Shy saisirent le drame de la situation, l'effet s'était dissipé. Aymeric se tordait de douleur, essoufflé et les yeux exorbités. Les flammes ne laissèrent aucune séquelle, seule l'odeur de cochon grillé suggéra que la combustion instantanée d'Aymeric n'était pas une belle illusion.

— Eh ! Ça va ?! s'inquiéta derechef Hermeline, prête à dégainer.

— Ouais ça va, ça… va, ça… pique.

Aymeric s'assit pour reprendre doucement connaissance tandis que Shy posa la main sur la garde de l'épée d'Hermeline, signalant discrètement l'ogre derrière le Baron.

— Pfff, magie, truc de lâche, grogna Hermeline.

— De ce que je comprends, vous êtes là pour ceci, continua d'intriguer le Baron en sortant le trousseau d'or de son chapeau haut de forme.

Une nouvelle proposition fut faite : divertir ses invités en gagnant trois manches d'arène, rien de plus, rien de moins. Pour chaque victoire, une récompense. Pour chaque défaite, une tape sur l'épaule… ou parfois la mort.

Hermeline tira le groupe pour échafauder un semblant de plan loin de l'écoute du souriant Baron Pédant, qui fixait les aventurières et le malchanceux d'un œil espiègle.

— J'aime pas ce qu'il dit et je veux pas faire ce qu'il dit. Mais d'un côté, j'aimerais bien taper sur des gens.

— Attends, j'peux aller d'mander à c'gars assis dans l'bar.

Sans attendre de confirmation, Aymeric s'esquiva pour se placer à côté de l'humain chauve. Ce dernier le jaugea du regard.

— Oh, t'as l'air d'être un voleur. Moi aussi, j'en suis un, j'travaille pour les Kek !

— J'ai pas le temps et je vois pas de quoi tu parles.

— Alors ? Elle est bonne, la bière ? demanda, enjoué, Aymeric.

— On fait avec, quand y a pas un connard qui pose des questions.

— Tu connais l'Baron ?

— Non, alors casse-toi.

— Pourquoi t'viens ici ?

— Si tu continues, c'est moi qui te casse.

— Et ton visage, qu'est-c'qui t'es arrivé ?

Le vétéran des ombres se leva et surplomba d'une bonne tête Aymeric. Il attrapa le voleur amateur par le col et l'intimida par le regard. Aymeric, ne comprenant pas bien la situation, eut le réflexe de lui cracher à la figure.

Le temps était comme figé pour quelques instants, puis sans crier gare, le voleur expérimenté souleva le novice, puis éclata la table à trois pieds avec le dos du paysan.

Sonné, Aymeric vit partir son agresseur du casino.

— Hey ! Ça va ? Qu'est-ce que t'as fait ? demanda Hermeline, toujours plus inquiète.

— Oh rien, on a... un peu discuté.

— Je vois ça. Bon, Shy et moi-même pensons qu'on

ferait mieux de s'inscrire pour l'arène.

— Okay, j'vous suis, répondit un Aymeric aux côtes douloureuses.

Le groupe aligna les frais de participation à la table du Baron, excepté pour Aymeric.

— Mais... où est ma bourse ?

Le Baron afficha un sourire amusé et Aymeric réalisa, après avoir connecté ses neurones, qu'il s'était fait voler. Sans plus attendre, il partit, toujours sans préambule, pourchasser le balafré sous le regard médusé de ses compagnonnes.

— Mais il va où ce con encore ? s'exclama Hermeline, dépitée. Bah ! Tant pis, on fera l'arène sans lui, ça fera plus de gens à taper pour nous.

— Et plus d'or, compléta Shy.

Épisode 7

-

Chaussette de guerre !

Deux kobolds aboyant se disputaient la victoire avec une paire de gobelins agiles. Hermeline et Shy assistaient au match qui ressemblait – à s'y méprendre – à un jeu de chien et chat qu'une joute de gladiateurs.

— Bon ! C'est quand qu'on tape ? Ça fait dix minutes et je ne vois toujours pas de sang ! s'exclama Hermeline, tapant du poing sur le ring de fortune. Mais ça excite drôlement bien la foule, dis donc.

Silencieuse comme la mort, Shy ne commenta pas. Voulant mettre toutes ses chances de son côté, elle examina les possibles adversaires : gobelins éméchés, kobolds boiteux, etc. Rien d'insurmontable.

— ENFIN !

La joie de l'aspirante paladine ramena l'attention de Shy sur le théâtre de la violence. Les gobelins, par elle ne savait quelle magie, soumettaient leurs adversaires à leurs pieds sales. Couteaux rouillés plantés dans le dos, la pitoyable paire gémissait de grâce et le commentateur kobold la leur octroya.

— Ils les ont désorientés avant de leur sauter dessus l'un après l'autre, conta Hermeline, exaltée. C'est fou la patience qu'ils avaient pour frapper, j'aurais jamais tenu autant sans avoir dégainé avant !

— Ça va bientôt être à nous. Écoute mon plan, je tire ma première flèche et toi, tu leur sautes dessus juste après que j'ai décoché, le timing est important. Puis je…

— On nous fait signe ! C'est à notre tour !!

— Mais ?!

Hermeline prit place la première, puis vinrent deux nouveaux kobolds et finalement Shy, vexée d'avoir usé autant de salive pour une brute sans cervelle. Les faces de chiens enragés n'avaient rien d'effrayant pour la voleuse. Les deux bêtes humanoïdes étant mal nourries, les côtes saillaient sous leur pelage galeux.

— Ouais ! Ouais ! Ouais ! entonna Hermeline avec la foule.

— Soirée exceptionnelle à la Maison ! Deux nouvelles participantes rêvent d'honneur et de gloire ce soir ! Mesdames et mes affreux, elles vont tenter de réussir un exploit ! Celui d'atteindre, retenez votre souffle… la première place au POOOOODIUM ! déclama l'animateur dans une énergie renouvelée par la rareté de l'événement. Le premier combat opposera nos deux humaines à deux habitués de la taverne, qui espèrent empocher la prime de bizutage des nouveaux ! Sans plus attendre, le décompte.

— Trois ! hurla la foule en cœur.

À la grande surprise de Shy, le visage d'Hermeline s'était fermé aux émotions. Elle jaugea ses adversaires avec sérieux, comme un tigre face à son rival.

— Deux !

Dégainant son arc, l'archère prépara une flèche dans sa main. Les kobolds montrèrent leurs dents jaunes, les yeux rivés sur elle.

— Un !

Le cœur de la voleuse battait à tout rompre, ses muscles tendus à l'extrême. Le stress de l'anticipation se mélangeait à celui de son agoraphobie, amplifiant son intention meurtrière.

— Combattez !

— À MORT !

Le rugissement d'Hermeline s'imposa sur la

cacophonie. En un bond, l'adepte de la violence avait abattu son épée sur sa victime qui tressaillait déjà au sol.

Paniquée par le hurlement, Shy relâcha sa flèche dans la foule, manquant de peu de toucher la rousse furibonde. Le sang du malheureux coulait sur le sol dur des égouts, rejoignant les canaux nauséabonds. Prompte à l'adaptation, l'archère abandonna son arc derrière pour favoriser le corps à corps de sa dague effilée. Elle contourna sa partenaire, s'apprêtant à planter le flanc du kobold sautillant et en larmes. Quand, soudainement, l'alerte voleuse esquiva de justesse la pointe d'une épée meurtrière.

Hermeline abattait toutes ses forces dans la bataille, les empêchant de riposter. Quand, dans un glapissement, le kobold s'enfuit habilement par-dessus le ring en bois, laissant pour seule contribution au combat une traînée de pisse.

Ayons pitié pour sa dignité. Car oui, même les kobolds ont un amour propre.

— ET C'EST UNE VICTOIRE! s'enflamma le commentateur.

Shy cachait sa frustration dans l'exultation joyeuse d'Hermeline.

— La prochaine fois, je tire et tant pis pour les conséquences, répliqua Shy à qui voulait l'entendre, oubliant, de ce fait, le gobelin crevé dans la foule.

Le deuxième combat opposa les gagnantes aux frères gobelins de l'affrontement précédent. Leurs tactiques de courir dans tous les sens fonctionnèrent moins bien qu'avec les kobolds. Hermeline avait le bras long, son épée encore plus. Le premier termina sa course sur le fil de la lame. Tandis que le deuxième, dans un acte de désespoir, sauta maladroitement sur la grande humaine pour finir embroché sur sa lame. Shy regarda cette parodie de combat, blasée, préférant sauvegarder ses forces.

— C'EST INCROYABLE ! Avons-nous, aujourd'hui, la chance de voir naître deux étoiles montantes de l'arène ? s'excita l'animateur kobold, toujours dans une très bonne diction. De quand date le dernier combat de WAAAH ?

« WAAAH ? » questionna Shy dans sa tête. L'ogre au strabisme quitta les côtés du baron pour rejoindre l'arène, le jambon colossal à la pogne. La foule s'écarta de peur d'être son prochain casse-croûte. Hermeline perdait l'hégémonie de la taille, l'arène devenant subitement trop petite pour nos deux concurrentes.

De plus de deux mètres, l'ogre impressionnait autant par sa hauteur que par la circonférence de son ventre. L'escrimeuse en herbe apprit que son épée ne pouvait transpercer sa cible jusqu'au bout. Dans le fond, elle s'en fichait, tant que le cœur était anatomiquement à sa place, l'ogre trépassera.

En théorie.

L'archère et la guerrière n'avaient plus de peine pour viser. En revanche, tailler dans le cuir épais de l'ogre s'avérait bien difficile, car chaque coup de jambon que ce dernier envoyait pouvait facilement mettre au tapis un buffle.

Trois coups d'épée timides frappèrent dans le vide. Hermeline maudissait sa courageuse couardise. Pourquoi n'arrivait-elle pas à l'atteindre ? Qu'est-ce qui n'allait pas chez elle ? Son corps se tendait à chaque déferlante de jambonneau, ses nerfs mis à vif par chaque déplacement d'air. La paladine perdait son cœur à l'ouvrage lorsqu'une flèche jaillit de ses arrières. Le trait transperça le cuir résultant en un léger filament de sang poisseux. L'ogre ignora le cure-dent. Pour rien au monde, il ne voulait arrêter de jouer, tout sourire avec sa proie gesticulante.

L'archère encocha une nouvelle flèche, puis décocha. Une deuxième fois, une troisième fois, encore une autre… L'affreux géant ne déchantait pas. Shy, méthodique, enchaîna les tirs. Tant que le mur d'armure et de lame incarné par sa collègue tenait debout, elle ne craignait rien. Et des flèches, son carquois en était plein. Sa survie se résumait en une mission, réduire le mastodonte de chair en hérisson.

La paladine, quant à elle, dessinait de sa pointe de nombreuses entailles superficielles sur le ventre de l'estomac-sur-pattes. Chaque coup de l'ogre, pourtant rapide, prenait du temps à s'armer. Ragaillardie par les multiples plaies, Hermeline calcula la prochaine ouverture.

— Si ça saigne, ça souffre !

Galvanisée, elle planta un estoc dans l'abdomen de l'ogre, puis trancha sévèrement, ignorant le mortel jambon qui la frôlait d'un cheveu. WAAAH, le géant, arrêta de sourire. Ses yeux se rivèrent sur la paladine. Plusieurs haut-le-cœur le saisirent, en plus de flèches et de coups de taille supplémentaires.

Profitant de l'occasion, la guerrière téméraire lança son deuxième assaut, cherchant des organes à détruire. Mais lorsqu'elle s'approcha, épée armée pour délivrer une sainte douleur, la gueule de l'ogre s'ouvrit béante. De sa bouche sortit le rot le plus répugnant de l'univers. Le son résonna, grave et vrombissant, dans tous les égouts de la Cité. Tandis que l'odeur putrescente interdisait à quiconque de réfléchir.

Hermeline et Shy tournèrent de l'œil lorsque vint, tel un coup de batte, le jambon XXL de l'ogre. Hermeline fut expédiée sans douceur dans le décor. Un bruit affreux d'impact de métal froissé écœura la voleuse. Réveillé par l'horreur de la situation, son instinct prit le pas, esquivant la prochaine attaque mortelle de son adversaire géant.

La proie du dominateur de l'arène tira tant bien que mal d'autres flèches, sans effet pour ce dernier, puis, dans un élan de colère, Hermeline déchira soudainement le dos de WAAAH qui, sous la douleur, mit un genou à terre. Folle, la guerrière du Sang encaissa la contre-attaque affaiblie de l'ogre. Shy, fatiguée par la longueur du combat, visa la tête tandis que la paladine arma un autre estoc à destination mortelle.

Contre toute attente, la flèche de Shy tomba mollement au sol et l'attaque d'Hermeline caressa tendrement sa cible. Dans un grand pouf de son et de poussière, les armes devinrent des chaussettes. Choquée par la tournure, la paladine ne calcula pas le prochain coup de l'ogre. Une chaussette monumentale, voilà la vision de la paladine, la faisant trébucher dans l'arène sale.

Il fallut presque une minute entière à WAAAH pour comprendre que son jambon avait disparu. Minute où, frustrée, Shy plantait sans relâche son poignard de dernier recours dans son large flanc tandis qu'Hermeline tabassa de ses poings son visage. Lorsque ce dernier réalisa la catastrophe, il tomba sur son fessier et pleura la perte du cuissot tant aimé.

Les aventurières avaient gagné, ce qui suffisait à Shy. Hermeline fulminait, elle savourait la conclusion de l'arène comme cendre en bouche sous le regard amusé du Baron.

Épisode 8

-

Le bon baiser d'un mort !

Aymeric quitta à toute vitesse le casino à la poursuite du voleur expérimenté. L'offensé, dans une grande hâte, se précipita au petit bonheur la chance, s'enfonça dans le noir, revint quelque pas en arrière, arracha une torche au mur, puis continua son chemin hasardeux.

« Si j'retrouve ce p'tit fils de cochon, ce suce-orteil de pr'mier ordre, ce lèch'-égout… j'lui f'rai bouffer le cinquième pied d'sa table de bar ! Il peut bien aller crever, étouffé par MES propres pièces d'or. La prochaine fois, j'dresse mes pièces d'or à tuer ! Enfin, pas moi, les autres, hein. Faut pas non plus qu'Herm'line en meure si j'lui en prête d'ailleurs. Ou encore que ça arrive au boucher si j'lui achète des saucisses. Faut que j'me renseigne sur le sujet. Ça se trouve où, un dresseur de pièces d'or ? »

Longeant un canal sans fin, Aymeric perdait la notion du temps, ainsi que celle des directions et – très certainement – ses pièces d'or. Il courrait, tout en essayant d'étouffer le bruit de ses pas, dans le canal retentissant, lorsqu'il décerna un renfoncement étrange. Papillon dans sa tête, Aymeric s'arrêta devant une porte de deux mètres de haut et presque autant de large. Une particularité s'attachait à la scène : une minuscule ouverture était encastrée en son centre.

La main posée sur la poignée, l'image de ses pièces défilait devant ses yeux.

— Eh zut ! Bouge pas d'là, p'tite porte. Je reviendrai te voir plus tard ! Et toi aussi, la grande ! Rest' là, surveille bien la p'tite en mon absence, cria Aymeric, en reprenant sa course.

À bout de souffle, le voleur bafoué découvrit une nouvelle source de lumière dans un autre tunnel. Éteignant sa torche de crainte de dévoiler prématurément son attaque-surprise, il se déplaça, son couteau moisi au clair. « BINGO ! », pensa-t-il à la vue du grand balafré qui chargeait une embarcation de caisses remplies de fioles étranges. « T'vas voir ce que t'vas voir ! »

Se fondant dans le décor, Aymeric s'approcha des diverses caisses et toiles dissimulant partiellement le cache du contrebandier à l'œuvre. Planqué à quelques mètres, le voleur en herbe pondéra ses maigres options pour adopter une méthode des plus lâches...

En attendant qu'Aymeric agisse, revenons un instant du côté des championnes de l'arène des égouts.

Le Baron Pédant aux canines resplendissantes tendit le trousseau d'or ainsi qu'une bourse remplie de pièces d'or, d'argent et de cuivre. Après un rapide décompte de la voleuse, les gains de l'arène couvriront tout juste les frais d'aventure tels que la réparation des armures, l'achat de flèches et le désenchantement de la malédiction des chaussettes...

— Avant de nous quitter en cette heureuse occasion, laissez-moi vous divertir de ce jeu de destin. Qu'en dites-vous ? invita le kobold aux allures de gentilhomme.

— C'est bien pour vous faire plaisir, monsieur Pédant, répondit Hermeline, encore dépitée par sa victoire cendrée. Je mise 25 pièces d'or !

— Tu fais quoi là !? On a besoin de cet or pour nos réparations !

— Et moi je donnerai mon royaume pour plus d'actions ! Si j'avais encore une épée, j'irais guerroyer encore trois matchs de plus ! Mais là, j'ai vraiment les boules, alors viens pas me chercher.

Disposant une partie des gains sous l'œil exaspéré de Shy qui voit déjà les deniers disparaître, le Baron fit léviter les cartes dans une valse hypnotisante devant Hermeline. Cette dernière en attrapa sans sourciller une au hasard.

L'étoile resplendissante.

Hermeline admira sa somme tripler, de quoi jeter la chaussette et acheter une nouvelle épée !

— Oh ! J'adore ! Ça, c'est une vraie victoire ! Quand je raconterai ça à Aymeric, il va pas me croire !

— En parlant de ce débile, il est où ?

— Perdu dans les égouts, sûrement...

— Une autre partie ? s'interposa l'escroc professionnel.

— Très peu pour moi, réfuta Shy, refroidie.

— Merci, monsieur Pédant, mais je crois qu'on va aller chercher notre ami, avant qu'il lui arrive quelque chose de grave.

Sur ces derniers mots n'augurant rien de bon, les aventurières quittèrent sans encombre la Maison du Soleil Noyé et ses habitués souterrains.

L'attente d'Aymeric paya enfin. Le contrebandier libéra l'embarcation de son attache, puis monta à bord. À partir de là, les égouts étaient inondés d'eau putride. Le quai improvisé stockait encore de nombreuses marchandises illuminées de torches qu'Aymeric utilisa pour s'approcher, sans se trahir, de son rival bien installé dans la barque.

Lorsque les rames s'activèrent, Aymeric se dévoila héroïquement devant le bandit, sortit le couteau de poche de son grand-père, visa la tête de sa cible pour finalement le jeter, dans un *plouf* étouffé, loin derrière le malandrin.

Voyant le plan qu'il avait mis tant de temps à

échafauder tomber littéralement à l'eau, le malchanceux attrapa une torche allumée, la lança dans l'embarcation, puis dans la panique, s'enfuit.

— EH MERDE !

Dévasté de ne plus jamais retrouver ses pièces d'or et son couteau familial, Aymeric Pailledor s'assit sur le bord étroit d'un canal sec.

— Qu'est-ce que j'vais bien pouvoir faire maintenant ? J'ai bien ma torche, mais c'est Shy qu'a le briquet pour l'allumer… J'suis qu'un raté…

Les ténèbres omniprésentes s'engouffrèrent dans son cœur. Périr devenait un choix presque plus tentant que la honte de revoir, bredouille, ses camarades.

— Mais si j'meurs ici, Herm'line s'ra triste… très triste… et Shy devra faire semblant d'être triste pour moi. JE n'veux pas forcer Shy à faire ça pour moi.

Comment serait la vie sans Aymeric ? Les aventures devaient commencer pour le meilleur. Toute son existence avait traîné dans la fange à cause de la « vie ».

— Et si j'trépasse ici, sans que personne le sache ? Né comme un déchet, meurt comme un déchet. Même pas r'cyclé le bougre…

Son estomac envoya un signal fort, laissant une empreinte sonore dans l'univers des égouts. Un gargouillis si puissant, indiquant qu'il y avait plus important que de succomber à ces envies funèbres.

C'était l'heure du repas. Fouillant dans sa petite besace, Aymeric regretta de ne pas avoir investi dans un véritable sac de voyage, à l'instar d'Hermeline. Il mangea sa maigre pitance composée de pain rassis et d'un morceau frugal de fromage offert par Shy. Son outre, remplie par la précaution d'Hermeline, compléta son repas de bière.

— Voilà ! C'est ça que j'appelle vivre ! C'est pas grave si j'ai pas mon couteau ! Au diable mes pièces d'or ! Le prochain repas, c'est moi qui l'offre ! ET SANS THUNES S'IL LE FAUT !

Les flammes de la motivation ressurgirent dans les abysses de son âme, poussant sa carcasse à l'action. Peu importe le temps que cela prendrait, Aymeric parcourut le chemin en longeant le mur froid.

Heureusement qu'il finit par apercevoir un rayon de lune traverser les ténèbres.

— C'est un signe, j'en suis sûr, un des mille dieux ne veut pas que je parte au paradis maintenant ! Sauf si j'suis déjà mort. Et qu'en fait, le paradis, c'est par là. Qu'est-ce que… ?

Tel le salut, la nuit claire éclairait une échelle d'argent, transperçant l'impénétrable noirceur. Soudainement, un claquement de bois creux interrompit l'odyssée du minable héros. Aymeric discerna une silhouette de la taille d'un homme s'approcher de l'opposé d'où il venait. Pétrifié, il attendit, évaluant la situation.

Passant à côté de la bouche d'égout ouverte, la lumière spectrale démasqua la fantasmagorie : un squelette aux os sales et rongés par l'acidité des canalisations.

— T-Tu ne me fais p-pas peur ! hurla Aymeric.

La rage de vivre s'empara de lui. Enflammé d'un courage temporaire, il s'élança sur le squelette d'effroi, le martelant de coups de poing et de pied. Répliquant de ses doigts crochus, le squelette laboura la peau et le visage d'Aymeric. Sang et sueur coulaient. La valse lugubre évolua en lutte bestiale lorsque le voleur trébucha de tout son poids sur le sac d'os craquant.

La vision troublée, sa tête marqua le sol d'un impact cinglant. Aymeric s'accrocha à la douleur, seule alliée le maintenant conscient. Profitant de l'instant de faiblesse, le mort-vivant prit le dessus en lui enserrant la gorge dans une étreinte suffocante.

Dans un violent soubresaut, son intégrité physique ne tenant plus qu'à un fil, Aymeric se dégagea de ses griffes en roulant au sol. Son pied botté logé dans le bassin laiteux, il appliqua ses dernières forces en une projection qui écarta le danger de sa nuque. Malheureusement, il se sentit chuter, plongeant dans le canal immonde d'eau froide.

Le monstre s'accrochait fermement à l'étincelle de vie d'Aymeric. Les secondes s'épuisèrent, comme son souffle. Le voleur n'arrivait plus à regagner la surface, lesté par le cadavre ambulant. Pariant ses ultimes énergies, Aymeric, à l'aveugle, attrapa un os, puis le brisa.

Les poumons brûlants commandèrent, dans un spasme, un besoin imminent d'oxygène. Un autre os fut arraché, une côte peut-être ?

Trois spasmes d'affilés, un chapelet d'os lui restait entre les mains. L'étreinte mortelle se relâcha. Comme un appel à la vie, Aymeric émergea de l'eau dans un bruyant appel d'air. Rampant pathétiquement loin du canal, il entendit le squelette se disloquer à chaque mouvement. Puis, grâce à l'énergie de la victoire, sa main atteignit la première barre de l'échelle, se hissa péniblement dans la lumière sélénite et…

… le noir complet.

Épisode 9

-

Et si… on double nos profits ?

— Oh merde ! Aymeric, où est-ce que tu es allé te fourrer ?

Triomphantes, Hermeline et Shy arrivèrent nez à nez avec le crapahuteur triomphé…

Nos deux aventurières retrouvèrent le troisième compère affalé, dos à l'échelle menant à la Grande Place de la Cité. De nombreuses déchirures parcouraient sa peau ensanglantée, poisseuse et sale. Ses cheveux, habituellement d'or, étaient ternis par les déchets du canal. Son épaule gauche s'ornait d'un crâne humain, laissant des traces profondes de dents dans ses vêtements et sa chair.

Sans effort, la paladine arracha la tête sans vie accrochée à son ami. Puis, à force d'appels et de tendres claques, le malheureux revint à lui le temps d'une potion de soin.

La seule que le groupe avait en réserve.

L'effet fut immédiat. Ses plaies se refermèrent légèrement, l'écoulement sanguin ralentit, puis la conscience d'Aymeric reprit le contrôle sur son corps.

— Allez, viens, mon grand. Je vais t'aider à grimper l'échelle, proposa Hermeline, habituée des escapades foireuses de son ami d'enfance.

— Attention, ce qui a défoncé le voleur peut encore être dans les parages, avertit Shy dans un chuchotement, aux aguets.

— BAH ! QU'IL VIENNE ! ON VA VOIR QUI DÉFONCE QUI !

Mais la provocation d'Hermeline resta sans réponse dans les échos des égouts.

Libéré des griffes obscures des ténèbres souterraines,

Aymeric revint peu à peu à lui. La fraîcheur de la nuit désembruma les esprits. Les longues goulées d'air vivifiaient les aventuriers. Ils partirent à la recherche d'une clinique de garde ouverte à cette heure-ci. Aymeric marchait sans assistance, mais sa vie courait toujours un grave danger.

La lune éclairait d'une lueur fantomatique les contours des habitations. L'adrénaline retombait et, tels des revenants, le groupe déambulait dans les environs de la Grande Place. Ils comparèrent les services de soin d'une clinique et d'un prêtre de la Santé.

— Pas question que je rentre chez ces prêtres. C'est tous des lâches qui ont peur du sang. Je crois que je vais m'énerver si j'en vois un. Mais genre, vraiment très fort.

L'argumentaire convainquit le groupe épuisé. Le médecin de garde, suspicieusement jeune, accueillit sans joie les aventuriers et plaça Aymeric en salle de soin intensif. Puis, par des procédés coûteux et alchimiques, il recouvra un semblant de santé dans l'heure. Hermeline vit ses coupures être désinfectées. Tandis que Shy, indemne, s'amusa à deviser un plan… diabolique.

Les bienfaits de l'ennui inspirateur furent sans limites.

— Bon, qu'est-ce qu'on fait ? On va dormir ? demanda la paladine dans un bâillement.

— Oh ouais. C'est une méga bonne idée, approuva le voleur sans énergie. J'suis éclaté, j'ai l'impression d'm'être fait piétiner par une ruée de vaches.

— Et si… on cambriolait la tour du mage ? suggéra sans émotion la voleuse, scrutant la réaction de ses complices.

— Oh ouais, ouais, ouais ! C'est une giga bonne idée !

J'suis chaud comme la braise, on va devenir riche, s'enthousiasma le voleur… plein d'énergie.

— Mais… c'est notre employeur !?

— C'est surtout le doyen de l'université de magie de la Cité. Imagine, pendant deux secondes, ce qu'on trouverait là-bas. Eh merde quoi, il paie des larbins mille pièces d'or pour retrouver ses clefs en OR !

Jamais Shy n'avait été aussi éloquente. Sa prestance balaya les derniers doutes d'Hermeline et, clefs en main, l'archère ouvrit la porte de la tour d'Aérogastre Fladubide.

Unis contre l'adversité – enfin, pour la gloire… non, plutôt pour la justice… finalement, par simple cupidité criminelle –, les cambrioleurs professionnels pénétrèrent, suivis de loin par une Hermeline en plein conflit intérieur.

Transgresser l'interdit alluma en chacun d'entre eux une flamme. L'adrénaline de l'aventure pulsait dans leurs veines. L'excitation d'un trésor grandiose alimentait les imaginaires. Mais sans précipitation, dans la lueur des torches, Aymeric et Shy prirent bien une heure pleine à la recherche d'un potentiel système de sécurité. La tour n'avait pas de murs intérieurs, la pièce principale comptait de nombreux livres, babioles, canapés, tapis et cuisine. Tout était taillé pour impressionner les invités et subvenir rapidement à leurs besoins.

Sous le regard fasciné du stagiaire en cambriolage, les deux experts rendirent le rez-de-chaussée libre au pillage en règle.

En règle, car il fallait sélectionner un butin léger à transporter, difficile à tracer et facile à vendre. Bijouterie, argenterie, coffret, etc. Tout ce que Shy valorisait était ensuite rassemblé au milieu de la pièce.

Hermeline, dans un coin, préparait des casse-croûte avec les réserves de la cuisine. Tout en ayant un œil sur le ciel toujours nocturne.

« Ce serait bête de se faire attraper maintenant », pensa-t-elle, stressée.

Aymeric tenta, de son côté, de trouver des livres de valeur. La lecture n'étant pas son truc, il abandonna bien rapidement après avoir parcouru une série de romans romantiques.

— Ch'est marrant qu'il n'y ait pas de torches ichi, remarqua la paladine, la bouche pleine de terrine.

— Ch'est un magche, chuis shûr, il voit dans le noir, rétorqua Aymeric, lui aussi en mangeant.

— Allez à l'étage au lieu de ne rien branler, instigua la voleuse, tendue. Et Aymeric ?

— Oui ?

— Fais pas le con !

— Ch'est pas mon gchenre !

Le duo quitta le coin cuisine pour l'étage. Torche en main, Aymeric inspecta la nouvelle salle circulaire, plus petite que la précédente. La chambre du mage, plus personnelle, mettait en valeur garde-robe, babioles de collection, coiffeuse avec une tonne de parfums et un lit gigantesque trônant dans le milieu de la pièce. Et toujours aucun système de sécurité.

— Louche.

— Tu trouves ?

— Aymeric, parfois, ta naïveté me sidère. Comment un mage, avec un statut tel que le sien, n'a aucune alarme ni piège anti-intrusion ? Même notre temple est défendu par un système magique.

— Peut-être qu'il est trop vieux pour savoir comment ça marche et qu'il les déclencherait tout le temps ?

— Ah, ça se tient. Bon, y a quoi dans ce coffre devant le lit ?

Résumant la fouille, le duo descendit régulièrement leurs lots de butin au rez-de-chaussée. Quand, voulant monter à l'étage suivant, Hermeline s'arrêta devant une porte fermée. La main sur la poignée, un masque d'humain d'un blanc cireux apparut sur le haut. Surprise, la paladine recula de quelques pas. Le visage disparut à travers le bois.

Vaincue par sa curiosité, elle remit sa paume sur le pommeau. La figure fantomatique ressurgit, ses orbites vides fixant l'hagarde rousse, puis déclama :

— Mot de passe, s'il vous plaît.

Épisode 10

-

Mot de p*** !

— Euh... les amis ! Venez vite voir ! Je comprends pas tout !

Shy et Aymeric rejoignirent la paladine devant la porte magique. Tenant toujours la poignée, les compagnons d'Hermeline admirèrent un instant le visage dépourvu d'âme.

— Alors ? Vous en pensez quoi ? s'impatienta Hermeline.

— Il veut un mot de p...

— POIREAU ! hurla Aymeric.

— Le mot de passe, s'il vous plaît, quémanda le masque.

— Aymeric, tu fermes ta g...

— LIVRE ! PAPILLON ! GÉRONTOPHILIE !

Le visage, sans un mot, disparut de la surface de la porte. La solide aventurière secoua la poignée, en vain. Puis dans un silence inquiétant, elle libéra sa frustration sur l'épaule d'Aymeric qui, dans un « aïe » bien vocal, s'écroula à terre.

— Bordel, je t'ai demandé une seule chose. UNE SEULE... s'énerva Shy dans un feulement.

— Bah, il voulait un mot de passe ! J'lui donne, moi, des mots de passe. Il n'a jamais précisé lequel ! plaida-t-il.

Nageant en pleine passion colérique, la guerrière du Sang sortit son épée et, sans considération pour sa lame, martela l'obstacle du pommeau. Son plan, s'il y en avait un, s'arrêta net. Un bras translucide émergea de la porte, parant l'assaut d'une grosse épée d'un blanc miroir éclatant.

— Viens te battre, mot de passe ! catapulta sèchement Hermeline.

Shy recula derrière le lit, une flèche prête à partir. Aymeric recula derrière Shy, prêt à partir comme une flèche.

Un spectre à forme humaine se matérialisa de la mystérieuse porte. Il sortit dans le plus grand des calmes, sans aucune entrave à son déplacement.

Son être tout entier émettait une blancheur lumineuse. Ses mains tenaient une lourde épée effrayante qu'il mania furieusement contre l'intruse. Chaque coup portait un lugubre impact contre la lame abîmée d'Hermeline. L'attaquante passa immédiatement sur la défensive, déviant chaque assaut en reculant.

L'archère, le tir aligné, décocha une flèche dans le flanc du fantôme. L'impact fit un bruit de livre déchiré. Sans ralentir, la menace plongea sur Shy qui esquiva en butant contre un meuble. Hermeline saisit l'occasion pour trancher dans le vif, toujours dans ce bruit étrange de livre froissé.

Aymeric, paniqué, jeta, un à un, les parfums sur la coiffeuse imbibant la scène d'odeurs nauséabondes, mais bien loin de ceux, putrides, des égouts.

Virevoltant gracieusement sa danse mortelle, la créature parvint à arracher un cri de douleur à Shy tandis que des larmes de sang perlèrent de la peau de l'aspirante paladine à la mâchoire crispée. La magnifique épée-miroir tranchait facilement la chair, le tissu et le cuir. Les farouches combattantes maintenaient le rythme infligé, en retour des attaques vindicatives. Mais le plus dur dans ce ballet létal était de supporter la puissante odeur des parfums.

Lorsque le guerrier fantôme s'engagea dans une offensive risquée en direction de l'archère bondissante, saisissant l'occasion, Hermeline le transperça de part en part. Malheureusement, l'épée-miroir porta une blessure fatidique. Sous les yeux d'Aymeric, Shy tomba à la renverse, le sang giclant sur le tapis imbibé de parfum.

Armé d'une torche et d'un candélabre moche, le voleur s'improvisa preux chevalier et s'interposa entre Shy et le vilain spectre. Tremblant de tout son être, il admira son opposant qui n'avait pas une, mais…

— … deux épées ?! Herm'line ! Qu'est-ce qu'on fait ? Shy est par terre.

— Je vais… bien… grogna Shy qui se releva, dague à la main.

— On le tue, vite ! Il commence à faire des choses bizarres ! intima la fière guerrière.

Attentif à l'avertissement d'Hermeline, Aymeric remarqua les myriades de couleurs qui parcouraient subtilement la blancheur du spectre. Chaque blessure avait sa teinte, souvent bariolée, suivant la région de l'impact. Ragaillardi par l'indice, il mit son cœur à l'ouvrage ! Aymeric para de son candélabre la deuxième épée, puis de sa torche, enflamma le tapis imbibé de produit qui, dans un flash, s'embrasa spontanément. Il n'a jamais été aussi fier de lui qu'aujourd'hui.

— Oh le con ! s'étonna de plus belle Shy.

Le combat se poursuivit à trois, Hermeline à l'épée, Shy à la dague, et Aymeric à la torche embrasant ce qu'il pouvait espérer brûler. Sans déchanter, les assauts du fantôme gagnèrent en frénésie. La pièce sentait vraiment mauvais. Entre la fumée toxique et les parfums, Hermeline et Shy investirent une énergie colossale pour ignorer leurs haut-le-cœur.

La vision trouble, supportant de nouvelles coupures, la

paladine rousse coinça son épée dans le lit. Le spectre, immunisé aux désagréments des cinq sens, se jeta sur l'occasion. Les deux épées-miroir foncèrent sur Hermeline, l'abdomen vulnérable.

Lorsque soudain, dans un éclat de tonnerre, un fragment de fond marin s'écrasa dans le chaos de la pièce. L'eau salée noya le feu, des algues étouffèrent les couleurs criardes, des récifs de corail démolirent le lit et un morceau de bateau vermoulu s'abattit sur le spectre. Le groupe s'en sortit trempé et poisseux, le surplus d'eau s'écoulant vers l'étage inférieur.

— Oh ! R'gardez ce qu'il y a dans la cabine ! J'ai trouvé une cassette remplie d'or ! hurlait Aymeric, excité par la tournure des événements.

Shy, pâle, se releva doucement. En tirant la plus grave des grimaces, elle arrêta le saignement du mieux qu'elle pouvait avec des restes de vêtements imbibés d'eau salée. Abasourdie, Hermeline demeurait assise, essayant de comprendre ce qu'il se passait.

— Bon sang, c'est quoi ce bordel ?

— Je ne sais pas et je m'en fous ! Je continue, déclara Shy en ouvrant la porte précédemment verrouillée.

— Attends, j'arrive ! s'inquiéta Hermeline du manque de prudence de la voleuse.

— Laissez-moi l'or ! Je vais aller le ranger en bas, rayonna Aymeric.

Les aventurières montèrent les escaliers en colimaçon et, par la vue des meurtrières, comprirent qu'il était bien à une vingtaine de mètres du sol.

— On approche des combles, estima Shy.

— Une minute ! Je sens des énergies que je n'ose même

pas imaginer, prévint l'aspirante paladine.

— Comment…?

— Elles sont divines. Je ne suis pas mage, je te le jure, mais là, j'aime pas. Je redescends.

— C'est quel dieu ?

— Pas celui du Sang, répondit Hermeline en redescendant.

Shy, imperméable, monta les marches, laissant les deux amis entre eux.

Aymeric et Hermeline retrouvèrent la voleuse, une dizaine de minutes plus tard. Elle revint, le regard confus dans un horizon que seule elle pouvait percevoir.

— Alors ? demanda Aymeric, excité par plus de trésors.

— Sortons d'ici, commanda Shy dans une voix sans timbre. JE ne remets plus les pieds ici.

Sans poser plus de questions, le groupe s'enfuit, les sacs pleins à craquer dans une nuit mourante, quand arriva la dernière phase du cambriolage échafaudé par Shy.

— Vous deux, allez chercher des cadavres de gobelins ou kobolds pendant que je vais soigner cette blessure.

— On en fait quoi des cadavres ? demanda naïvement Aymeric.

— Sérieux ? Aymeric ? Vraiment ? Explique-lui, mes oreilles saignent quand il parle.

Sur ces dires, la voleuse encapuchonnée disparut dans la nuit.

— Allez, viens. Je t'explique en chemin.

Épisode 11 - Épilogue

De retour dans les égouts, Hermeline manqua de mourir d'une dague rouillée logée entre les seins.

À la clinique, Shy écouta, abasourdie, les élucubrations d'un Aymeric paniqué. Il semblerait qu'un duo de gobelins bourrés aurait réussi à s'embrocher sur l'épée tout en plantant une dague dangereusement proche du cœur.

Pas loin, le médecin spécialiste en aventure n'en croyait pas ses oreilles. Il prit rapidement en charge la guerrière dont l'agonie s'entendait par vague de râle.

Les cadavres de gobelins servant à brouiller les pistes des cambrioleurs, le voleur finit seul la tâche, non sans profondément inquiéter Shy.

« Dans le fond, si on ressort vivant de tout ça, c'est que le destin est avec nous. », pensa-t-elle, spirituelle.

Hermeline survécut. La fin de la journée approchait lorsque l'opération chirurgicale se termina. Un mage aurait effectué un meilleur travail garantissant sa survie, mais il était difficilement concevable de payer ce service avec les sacs remplis d'or du doyen.

La compagnie retrouva Aérogastre Fladubide à l'auberge de Maggy, profitant ainsi de la récompense, d'un repas, puis d'un toit offert pour la nuit.

— Mais ça ne vous dérange pas que votre tour ait été cambriolée ? demanda Shy avec intérêt, cherchant à découvrir l'étendue des conséquences possibles.

— Oh, vous savez, ça arrive plus souvent qu'on le pense. De toute façon, ce n'est pas moi qui paie pour les dégâts. D'ailleurs, enchaîna M. Fladubide, j'ai un commanditaire pour une délicate mission pour vous dans une ville frontière aux montagnes naines.

— Les missions délicates, ça nous connaît ! appuya

Aymeric, foudroyé du regard par Shy.

— Fabuleux ! Je préviens mon collègue de votre aval, le transport en bateau est à mes frais. Vous partez demain !

— Quoi ?! s'insurgea Shy.

— Oh oui ! approuva Hermeline Tintabulle. Encore de l'aventure !

— Je vous présente sous quel nom ? Quel est le nom de votre compagnie ?

— Oarf, vous savez... on n'y a pas...

— « OF » ? Avec combien de F ? demanda le mage sénile.

— ... réfléchis, termina sans force la combattante en convalescence.

— CINQ ! répondit joyeusement Aymeric Pailledor.

La compagnie OFFFFF relate les aventures épiques — ou presque — d'Hermeline Tintabulle, Aymeric Pailledor et Shy.

Ça va chier...

Courage !